A VILLAGE ON THE MOON

UM POVOADO NA LUA

CHARLES A. HINDLEY

ISBN: 978-1-4669-4833-4 (sc)
ISBN: 978-1-4669-4832-7 (e)

Trafford rev. 08/27/2012

 www.trafford.com

North America & international
toll-free: 1 888 232 4444 (USA & Canada)
phone: 250 383 6864 ♦ fax: 812 355 4082

CONTENTS

A Village On The Moon 1

Preparations Begin 4

To Build The Biosphere 7

To Find Volunteers For The Project 9

Screening Volunteers 11

The Day Of Departure 14

Construction Begins 18

The Village Is Underway 22

The Explorers Go Home 29

A VILLAGE ON THE MOON

After the famous landing of man on the planet we know as the moon, scientists began to send robots to bring back specimens of materials for analysis. Initially they collected specimens of rock to study their composition. Then they got the robots to make trips to several parts of the planet and send back information regarding the oxygen and content of the atmosphere there. They also had the robots look for water, which is a very important item which man would need if they were to live up there some day.

The scientists knew that the air was too thin, as far as oxygen was concerned, so when the first explorers landed there they were obliged to carry oxygen tanks on their backs and also wear special clothing because of the temperature which was very hot during the day and freezing during the night. They also knew that the moon's gravity was very low, so special caution had to be observed, because if one of the explorers were to jump too high, he might not immediately return to the "ground" and get left floating in space for a while till he slowly descended.

Further trips were made by remote controlled robots, which were equipped with apparatus capable of analyzing the soil and the air and send information back to Earth. These robots collected specimens of rock as well as samples of soil and analyzed their content and transmitted the information to "base". Here I must emphasize that there is no date regarding the atmosphere of the moon at present.

This intended colony on the moon was going to be used as a jumping stone to space exploration. Probes had already been sent in several directions from Earth with the intention of discovering other possible planets which could be populated or not, where explorers from Earth could go in the future. Many of these probes were still on their way to their destinations and some had got burned up before reaching their goal or crashed on arrival there.

It was decided that a small group would be placed on the planet to start an experimental site which would later be expanded with the intention of becoming a colony on the moon. For this to be realized, careful studies were made to stipulate what materials they would need for an initial settlement. The organizing personnel carefully drew up a sketch of how the biosphere could look and what materials they would need to assemble it. From information gathered from the experimental Biosphere 2 in Arizona, they knew that wood could not be used because it interfered with the atmosphere being created / maintained in the "village". They also knew that the use of concrete was not advisable as this interfered with the chemistry of the air. But they would eventually use the regolith for building purposes.

The biosphere to be created was going to need a system to separate the used oxygen from the gases resulting from the people breathing or exhaling. The plants, which were going to be maintained, would manufacture oxygen through photosynthesis. The trees to be planted would produce double the amount of oxygen of any of the other plants. They would also produce edible fruit, like apples and pears. Bananas would also be planted, as they give fruit within a short period and also reproduce quickly.

All sorts of plants were going to be planted, as in the near future the residents would have to rely on food which they themselves had planted. There would be vegetables of assorted kinds as well as wheat and corn for making bread etc.

Within the shortest possible space of time the members of the expedition would have to reach a percentage of oxygen in the air of 21%, which is what the human body needs, though a minimum of 16% would be acceptable to start. This would be equivalent to the atmosphere on a high mountain top. But with only this level they would feel much fatigue at all times. The absence of the necessary percentage of oxygen in the body is called hypotamia. The normal amount of oxygen in the blood is a 90% count.

There was also going to be a method of recycling all the waste material; nothing could be wasted. All used water was going to be filtered and purified; that included not only the washing-up water but all the water from the bathroom and toilet. Not a thing could be wasted.

Once the explorers had completed the biosphere structure and installed the recycling methods and system of generating electricity for lighting and the machines, they would start working on their housing facility.

Because of the high fluctuation of temperatures and the dangers from meteorites and ninimeteorites it was decided that the safest place to build housing would be underground. It would be necessary to make burrows with a covering of at least 2 ½ meters thick. But care had to be taken not to go below the water level. This would not be very practical; it would need a lot of effort to make a lot of burrows for people to live in. Extinct volcano channels would make ideal locations for habitations. Each entrance would have to be fitted with double and airtight doors to avoid loss of breathable air.

PREPARATIONS BEGIN

A space craft was going to be built to take a small group of explorers to the site which had been chosen as an ideal location to start from. The area had a flat surface and was locate in a basin several miles wide. The craft had been designed with a large hold in which the necessary materials they were going to need immediately could be placed. Much effort was made to house the materials in such a way that would permit the explorers to have easy access to what they needed, in the order in which they were going to require it. The craft was also going to be used as home to the explorers while they were constructing their station. Not only did they need living space but also an area where they could cook and eat. The vehicle was also equipped with wheels so that it could be used as transport whenever required

At the same time, it was decided that a vehicle would be especially built to take all the building materials to the chosen spot, two or three days before the manned craft left. This vehicle was also equipped with wheels so that it could be used for transportation. This second vehicle was necessary because so many materials had to be transported and it would be impossible to take it all in one craft.

The engineering department received instructions as to the requirements for this trip. Two fairly large crafts had to be designed especially for this project. It was estimated that it would take at least a year to come up with acceptable drawings and another year to build them. The directors wanted to have them get the blueprints available in less time as they were anxious to get the project under way as soon as possible. After a long and drawn out meeting they promised to do their best to shorten the schedule.

The purchasing department was requested to look for samples of the materials expected to be used on this mission. The project was going to need strong light strut material with which to construct the building where the explorers were going to work. It would not be possible to transport large quantities of glass to build a place like the Biosphere 2 was, so an alternative would have to be created. The only material available to them was transparent plastic sheeting which would let in the light. They were not going to be able to transport bags of cement to be used for making the flooring, so an alternative had to be thought of.

They came to the conclusion that the floor would not have to be worked on but that the area where plants were going to be placed would have to be dug up to a depth of two feet and covered with an impervious material to hold moisture, and the soil replaced for planting. Where young trees were to be planted the depth would have to larger and not connected to the other plantations, so as not to flood them. At first it was not going to be possible to create a large forest area, for lack of space, but in the future, when the place had been expanded, a large are was to be made into a forest, which would provide much more oxygen to the "atmosphere".

The engineering department came up with the requested plans for the two craft to be sent to the moon within the scheduled time and presented them to the organizers of the project who examined them superficially before calling for a full meeting of the participants which was planned for the following week.

At the meeting all the participants were presented with copies of all the drawings of the projected craft for them to study at their leisure after the meeting. Meanwhile all the members participated in a slide show where all the features of the drawings were pointed out and explained. Each subject was discussed in detail and answers were given to all the questions which were brought up. In many cases it was pointed out that more space was going to be necessary for certain usages. One of the spaces which need to be larger was the area where water was going to be transported. In order to solve that problem it was decided that a second craft would be needed to take not only water but a further supply of oxygen to the base, in order to supplement the amount they were taking on the first trip and to shorten the period they were going to be with a low content of that gas in the air, while the plants did their part through photosynthesis.

Another meting was schedules for two weeks time when further plans would be presented by the engineering department, taking into consideration the comments gathered in that first meeting. They were also expected to bring plans for the third craft which was going to follow after the arrival of the manned one, carrying the group of researchers.

It was also pointed out that another vehicle would be needed, six months after the first was in space, to take a relief group up when the first two explorers came back to Earth. This vehicle would also carry food for them to eat while working on the moon during their six month stay, and any other necessity which might crop up.

Following this meeting the organizers began to think about selecting possible candidates for this first experimental station. They would have to look for young men in good health who had an outgoing temperament and were prepared to work hard under harsh and restricted circumstances. The candidates had to have a working knowledge of agriculture as well as engineering to enable them to construct their home from home and also plant all the vegetation they were going to take, in such a way that it would not only give off the oxygen they were expected to give off, but also produce food for the inhabitants and seed for planting future crops. They also needed to be aware that they were going to need to be prepared to work with each other in good companionship. From experience gained from the Biosphere 2 experiment, they took into consideration the animosity of the group after a certain period of time in that restricted experimental area.

TO BUILD THE BIOSPHERE

The engineers drew up a sketch showing how the biosphere would look after the first part had been built. They calculated that it would be 30 feet wide and 30 feet deep. It would be 20 feet high down the center.

The structure would be made of hollow plastic flexible struts four feet long each. To join these struts, each one would have male or female thread on each end, so each strut would be screwed into the other. Struts would be placed running from side to side and front to back. The ends of each plastic strut would be embedded with a special strut, at every four feet, in the soil to hold the structure firmly in place. Like a tent, ropes would be extended every ten feet and tied to pegs driven deep into the ground.

The whole structure would be covered using double faced resistant translucent plastic sheeting containing a hollow tunnel for the plastic struts every four feet. This sheeting would be transported to the sight in bails measuring five and a half foot wide, so that it could be extended forming the structure and on assembly the seams stuck together with a special adhesive sealant along the whole length where it overlapped the adjoining sheet, to avoid any possible leakage of air.

The four foot struts would be screwed together and inserted at intervals as the sheeting was extended to form the dome.

Entrance into the biosphere would be made via a five foot corridor with a secure airtight door at each end. The corridor would be six foot high and wide permitting any standard person to enter without having to stoop. Special struts would be provided for this purpose.

All this material would be transported from Earth to the moon in the second vehicle being built to carry all the other materials needed for the project, which would be sent up at some convenient date prior to the manned vehicle transporting the two first volunteer residents.

Together with this material all the tools thought necessary for the expedition would be sent. There were spades, shovels, pickaxes and an assortment of hand tools as well as wheelbarrows for transporting soil and whatever.

TO FIND VOLUNTEERS
FOR THE PROJECT

A small newspaper in a little town in Utah published a short note on what they had heard about a planned trip to the moon, and the intention of starting a little village there in the near future. This started the people talking and on a radio program a listener commented on the subject. Soon it became a subject that people were discussing in the local bars in the evenings, after work, before going home for dinner. Many of the customers thought that it was an impossible project and just another of the government's waste of the people's money, but some thought it a viable plan.

"If you had a chance, would you volunteer to go?" one man asked.

"Yes, I would volunteer to go if they asked for candidates." Answered one man.

"You are crazy!" commented another "there's nothing up there but dust; no air, no water, no women . . . ."

"But it would be exciting to be the first to try it." Said the first.

This Utah newspaper was read by many people in other states, who had some interest in that region, such as businessmen who supplied the area with materials and even food wholesalers. With this, the subject took on impetus and was even commented on by the listener of a major radio program in Miami.

The subject became of major interest throughout the country and the idea began to be pondered in several newspapers and radio programs.

Some comedians used it to make fun of the organizers and invented jokes to include in their presentations. An advertising agency took advantage of the subject and started campaigns where products were being offered for sale on the moon. A large supermarket chain showed their first store which would be opening soon.

The general public saw the matter as rather a joke, and took little notice of the idea. But little by little they began to get used to the small notes in the paper and the fun that was being made by comedians on the radio and television.

As a means of letting the public know what they were doing, the organizers put together a short report of what had been done so far, and when they were planning to send the first pioneers up to the moon. They informed that they would soon be screening volunteers for the project.

A special section was put together to accept the names of volunteers. These candidates wrote in and a special form was created and sent for them to fill out and return, asking specific questions regarding knowledge and why they wanted to become volunteers. The information collected regarding the reasons for wanting to volunteer to go was very surprising. They separated them into categories of expertise, for future analysis by a board of selectors. Many people offered to be the first to live and work on the moon. There were young students fresh out of college, men who had just got a divorce, farmers and even a priest. Perhaps the priest wanted to take his religion to the lunatics who already populated the moon, who knows. They did not want to find too many volunteers as this would make their job more complicated.

From the applications they received they chose a small group from which they might select the first two to be picked for the expedition. All the candidates were examined by several doctors from diverse expertise in order to select the best candidates for the mission. They would be informed regarding their present health and possible utilization on the project, on a future date.

The first group was expected to work on the project for a six month period. It was not thought that a longer period would be sustainable for them. It was thought that after such a period their bodies would be exhausted and complaining due to lack of the proper amount of oxygen in the blood or proper feeding in general. For this reason the selecting board chose several groups of possible candidates who could be called on for future expeditions.

SCREENING VOLUNTEERS

John Biggs submitted his application to be one of the first to work on the moon. He was a farmer from Texas and had been working the land with his father for five years. He was twenty seven years old and wanted the opportunity to do something different. At home he looked after everything which was broken. He had put in a new electric motor on the water pump in the well and installed new lighting in the barn which they had recently built. In the evenings he liked to play dominos, if he could find someone who wanted to play with him but he usually had to read a book or a magazine instead. He also had a sizable collection of postage stamps, which he was proud of.

Patrick Garret was a Catholic priest and had been moved from one church to another three times recently. He was forty years old and had been in the church for eight years. In spite of being a "man of God", he had his doubts regarding the virgin birth, but never commented on this with anyone. He knew that this was a part of the Catholic belief.

Martin Stanley was a gardener by profession. He had gone to college and studied for a year and a half and knew the Latin names for all the commonly known plants. He was going to be twenty six on his next birthday. He had all the tools he needed to look after the six gardens in his neighborhood, which provided him with enough money to live on. He lived with his parents and cooperated in the domestic expenses.

Benjamin Adams was an auto mechanic in a small town in Georgia and wanted to see the world some time. He had even considered joining the navy but his mother managed to dissuade him when he told her he was going to sign-on. He was thirty years old and was still single because he had not yet found any girl who had the same interests as he. He lived alone in a small apartment on the outskirts of the town. He was not enthusiastic about dancing, though he did go to parties at church. He wanted to volunteer to go to the moon because he thought it might be exciting.

Alexander Hopkins was a geography teacher in the local high school. He had taught there for five years and liked his job. He sang in the choir at the Episcopalian church he frequented and was very popular with everyone. He heard of the moon project from one of his students and thought that it would be interesting to participate in such a project.

Margaret Waters was the first woman to volunteer; others followed. She was a young school teacher and desirous of an exciting expedition to somewhere new. She was married and had no children. "Wouldn't it be exciting to have the first baby born on the moon!" she said. Her husband worked in a bank as a teller. She had a large garden where she cultivated herbs for use in the kitchen. She also had a little orchard. She went to her Methodist church regularly every Sunday morning. Her husband preferred to stay in bed till mid morning and did not accompany her to church.

Rosalyn Peters was a middle age woman who had worked in a garage as an auto mechanic for ten years. She was the best electrical specialist in the garage and was proud of her abilities. Her husband had died recently and she was looking for some attraction to take her mind off her loss. The couple had no children as she was barren. She was not in any hurry to find another man.

Zachary Ambrose had come to America as an immigrant hoping for a better life than the one he had in his home country. He was young and able-bodied and had no specific profession and was open to adventure. He had accompanied the space expeditions for years and was anxious to take part, if given the opportunity. There was nothing that he could not do around the house and was frequently requested to help someone out of a difficulty. He could repair a car or help someone build a house when requested.

Roselyn Cummins was a young African-American adult who was at a loss to know what she wanted to do with her life. She had completed a computer course in college and had not found employment in her city. If she had the money she would like to travel the world, principally to Africa or the Middle East, because she knew that the people there were in need of education and health.

entering outer space, "control" released it from the vehicle and guided it back to base in a wide curve and slow descent.

The two had spent a month together at the camp before this day, so that they could get acquainted. It was imperative that this should be done so that the organizers could be sure that they would get on well with each other up on the moon, because they could not have any misunderstandings between them up there, as they would have to work together for the next six months. There was no way that any of them would be able to be substituted before the end of their mission due to incompatibility.

The organizers had scrutinized all the requests by candidates and had selected John Biggs and Benjamin Adams as being the most suited for this mission. They had accompanied the way they got on together and were as sure as they could be that they had chosen the most suited for the mission. The first because he was a farmer and would know the best way to handle the planting; and Benjamin Adams because he had much experience in mechanics and was expected be able to solve any mechanical problem which might present itself.

"Control" came back on the air and informed them that the rocket had released them and that from now they were in charge of the vehicle. They were to take it in turns to standby to manage the craft at all times. Benjamin was the first to assume the cabin for the first two hours. He would then hand it over to John for the next leg of the journey

Plenty of reading material had been put in the craft for them to have entertaining material when they wanted. They also had access to several e-books on the computer, when they felt like reading a novel written by a well known author or an unknown one who had recently published a book.

Looking through one of the port holes John could see the planet Earth getting ever smaller as they went farther away towards their destination. From time to time he could see pieces of space garbage as they passed on by. He commented with Benjamin on how much garbage there was up there, left over from previous missions which had not reached their destinations. Much of it was left over from previous American, Russian and Chinese attempts to reach the moon and other missions to space.

Later on their way, they were followed for a time by a UFO, which probably was wondering what they were doing in their airspace. The vehicle followed them for over half an hour and then peeled off to the east and disappeared up out of sight. The two commented that this was probably not going to be the only sighting they were going to have during their expedition. They understood that outer space was not the property of any nation so far. They said that probably, one day in the not so distant future, the various planets were going to be obliged to establish rules and regulations regarding the use of airspace.

After some hours the two decided that they were going to need some sleep soon, so they agreed who would take the first watch and for how long. It fell to John to have the first period and that he would call Benjamin four hours later to take his place. Before taking over John decided to have his first meal on board, so he retrieved a packet from in front of his seat and opened it. He said that it was not the best meal he had had, but that it was better than nothing and that it had satisfied his hunger. Then he poured some juice into his mug and drank it. Before taking up his position in the cabin, he paid a visit to the W.C., because it was going to be a while before he could go again.

The course of the vehicle had already been set and was controlled from base on Earth, so there would be no necessity to steer anything, just sit and keep an eye on things and answer any call or instruction from base.

Benjamin put his seat in a horizontal position and tried to get some shut-eye, but the excitement of the day made this difficult at this time. He lay there and contemplated how the day had gone. He thought of how his days were going to be once he arrived on the moon. He knew that he had a lot to do up there and was anxious to get started. As he went over what he though he was going to do, he gradually slipped off to sleep, without knowing it,

CONSTRUCTION BEGINS

The volunteers started off by choosing a suitable place to start assembling their biosphere. The two slowly looked about where they were and debated several possible locations. After about two hours they had come to a decision.

The two went back to the vehicle and got out some of the tools they were going to use. First they had to place some markers in the grown to indicate where the perimeter was to be located. They soon found that the markings had to be made carefully not to raise a lot of dust. They placed the first stakes marking where the corners were expected to be, and then they drew lines on the ground showing where the edges of the biosphere were expected to be. They drew lines where the entrance was expected to be located.

Having sketched out the design of their future home, they returned to the vehicle to have lunch. Their effort that morning had made them a little hungry. Each one opened his envelope of army ration and savored its content. Because it was one of the first they had eaten, the food was pleasant to eat.

After a short rest they got up and started on their job. They had to start getting prepared to assemble the biosphere tent. They knew that they had a lot of work before them and had to get down to it as soon as possible.

They got out the tools they thought they were going to use immediately. The first they got out was the wheelbarrow. They were going to need that to transport material to the site.

The 15ft. roles were stacked in the hold in such a way that they were easily pulled out. Because of their weight each one had to be carried by both men and placed in turn on the barrow and wheeled to the site where they were going to be set up one at a time.

First they got out some of the poles and the cross beams which were going to hold up the center of the dome. Then they carried them to the site so that they could assemble them, in preparation to raising them into position. After that they took the thicker hollow sections which were to hold the skeleton in the air.

Each five foot section had to be screwed into the previous one before raising it into position. They dug holes, three foot deep, to place the poles at 5ft.intervals and a narrow trench three foot deep around the perimeter of the tent. In the trench they were going to burry the end beams which would run around the tent. They tied three temporary cords to the poles and fixed them to pegs embedded 12 ft. away on either side. This would keep the poles in place while they fixed them to the cross beams at the top of each pole, the whole extension of the tent. At the intersections there were cross junction pieces into which the cross beams were screwed.

When they had firmly secured the skeleton in place they began assembling the strips of plastic sheet and raising them into place, first on one side and screwing the "vertebra" together as they went. When they had completed one side, they went on to the other. When both strips met at the top they stuck the ends together with the special adhesive sealant.

Now they were ready to start on the second strip, screwing the cross pieces into the already placed plastic strip and making sure that the strips overlapped. When they had this plastic strip in place beside the first one thy had to stick them together using the special adhesive, all along the edges so that there would be no leakage of air from inside the tent. Now they were ready to screw the poles which had been embedded two foot into the ground into the ends of the plastic roofing beams.

To do all this they had to use a structure on wheels on which they could climb and assemble the tent from above. When they had completed one section, the structure on wheels would be moved along to the next section. From now the whole procedure would be repeated until the biosphere was completed. The entrance doorway was going to be assembled as one unit and then connected to the main tent and the edges stuck to it with the special sealant.

It took the men two days to prepare for the assembly and then three weeks to have the biosphere assembled and ready to be worked on more.

During the weeks that followed they began to dig the area which was going to be planted with the vegetables they had brought, to start growing their food. They removed a foot deep of soil and pulled it to the front. They needed to cover the lower surface with impermeable material in order to not lose the water they were going to use to moisten the soil. Having done this, they put the soil back and began planting and seeding. The excess soil removed would form a barrier which would prevent any water from escaping. Gradually they managed to get the vegetables planted and the seeds as well. They had brought a few fruit trees with them, so they dug a deeper area to plant them in. Between some of the lines of trees, they planted corn and in others sugar cane. That way they would one day have a natural sweetener and also something to chew.

They also had to set up the recycling apparatus, because there could be nothing wasted. All the spent liquids had to be recycled and any solid materials as well, to be used as fertilizer. The recycled solid materials from the toilets would not be used where foods were being grown but could be spread in other areas.

A part of their time they used to set up the solar panels for catching sunlight and the batteries so that they would be able to start using the energy to operate the recycling and oxygen generating machinery. They also needed to start the air conditioner in order to maintain a stable temperature in the biosphere, due to the fluctuations of the temperature outside.

As they knew that they were going to need a strong place to live in, they started looking for any possible caves that there might be in the area. To dig a burrow five feet below the surface would be a very strenuous operation, so they looked for some natural underground passages which could be an extinct volcanic passages from long ago eruptions. They knew that the moon had no active volcanoes now, so any underground passage could be used for future habitation.

Because of the mini meteorites which constantly fall out of space onto the surface of the planet, they needed to make their home with a covering of 2 ½ meters of resistant material. That is why they would have to make a burrow so deep, if they were not able to find a natural one.

They were lucky to find a long passage leading from the crater less than a mile away. They entered the tunnel and inspected it to see how deep it went and whether there were any passages which lead off it. They discovered that it was quite big and that in the future it could be made into a subterranean village where several families could be housed comfortably, each one with an individual "finger" to live in.

The two men had been working on the moon for some time and it was getting close to when they would have to say good bye to their creation and start thinking of pulling up stakes. They had worked hard on the project and achieved more than they had expected. The quality of air in the biosphere was getting better and they could almost go without their masks in it, but not for long as the oxygen content was still under 16%, which would be almost equivalent to the summit of a high mountain.

The air conditioner unit had to work almost constantly to maintain the temperature, because, outside, during the day the temperature was over 100c while at night it was—150c. They had discovered that to heat their food during the daytime, all they had to do was put it outside for a while and it got hot in a few minutes.

THE VILLAGE IS UNDERWAY

After a fairly short period the explorers found that there was some water several feet below the surface of the ground. The robots had supplied this information to "base" before the project was created, but not much importance had been given to it. The scientists were more interested in other subjects at that time.

With this information they tried planting some trees in an area where their water was not taken. They dug some holes down till they came to water and then planted trees in them and replaced the soil and compacted it around the roots. The experiment worked and they started to obtain all the shoots they could from the trees and planted them in the same way in that area. That way they began to have a little forest.

With the success they were having with these trees, they started to do the same outside their camp. With some of the plastic material and poles, which were left over, they created a shaded area where they could put in some plants in the open. Eventually they would cover the moon with vegetation. Who knows, in time, they might be able to create a level of oxygen in the atmosphere of the moon. They knew that it would take a long time, but that was of no consequence. What they were doing was all an experiment, which might work out.

When next they spoke with the fellows on Earth, they asked them to send up, with the next explorers, some potted baby pine trees for them to plant in the shaded area they had created. They might even include some pine cones as well, for them to experiment with. Because they had to be hardy trees, they suggested that these would have to come from the mountains of Northern Canada and from Alaska, where the temperature is low in winter and cool in the summer. They thought that as the saplings were still young, they might get used to the extreme temperature fluctuations.

In the village they had plenty to do. They dug more areas where they could lay the waterproof material to then cover it with soil and place more plants in it. In other areas they simply dug out the soil till they came to water and then put in rows of plants. These plants were going to be their food in the future. They were going to tend to them as when they had matured, they were going to eat them, as they had only brought a limited amount of food from plant earth.

In some patches they planted cabbage, and in others carrots. They had seeded a large area with wheat, so that the next group would be able to make bread later, and perhaps even some cake. In the forest area they seeded corn between the trees and expected to have a nice crop in a short period of time. They also planted sugarcane there.

It was time for another group of explorers to take over the job of creating a village on the moon. The first two had worked hard and got the biosphere erected and working. They had planted several kinds of eatable plants and a few trees. They had also searched for water and found it fairly deep in the ground. In their explorations they had discovered a suitable tunnel leading from an extinct volcano which could serve as habitation for several families in the future.

The organizers of the moon project now had to choose the next explorers to continue the work already done by the first group. They had a list of several volunteers to look through. Each member took a copy of the list home to study and select two men.

Knowing that it was about time for them to select volunteers, some of the candidates wrote in to remind the panel that they still wanted to go on the mission. The members of the panel went through the list of candidates and came up with a shorter list of possible ones which could be considered.

Of the interested candidates five were called to come to the base for another interview and to possibly be invited to go on the next mission. After the interviews the panel had another meeting and came to the following conclusion. They thought that it was too early to send a woman up yet, though Roselyn Cummins could be useful, with her knowledge of mechanics. They considered Margaret Waters for a while but discarded her because in her interview she had shown signs of wanting to have the first child born on the moon.

They considered the men candidates and decided that this time they would send up three persons who might make good progress in the task. So they chose Zachary Ambrose, who was a young "jack of all trades" and was very fit and strong, Alexander Hopkins because he was a teacher and would be able to organize the work to be done and Martin Stanley for his knowledge of plant care.

The three men accepted the invitation and went home to advise their family members that they were going to be away for the next seven months. They all returned to the base the following Monday to receive training and instructions.

The three were kept in a restricted area which forced them to get used to one another, in preparation for the mission they were going to assume. They were taken off the kind of food they were accustomed to and were introduced to military rations like their predecessors.

On this journey, they were to take some live chickens, a cock and a number of fertile eggs with them. That way the ground could be fertilized naturally and perhaps some chicks would hatch and increase the number of live chickens. With care the hens could lay eggs for them and also serve as food later on. They were also taking some bags of grass seed to scatter in the hope that they could create a large green area up there; that way, they would be able to send up a few goats next time. Goat's milk is very healthy and better than cow's milk for humans. Also the goats would keep the grass low and fertilize the land even more.

A month later the three were ready to be sent up to their new abode. A new and perfected vehicle awaited them on the launch pad, comfortably sitting on a beautiful rocket, ready to boost them to the moon.

Their relatives had been invited to come to the base and several of their relations came too. In the waiting room close to the launch pad the three adventurers bade their friends "adieu" before walking to the launch pad and entering the elevator up to their vehicle with their escorts. Inside the vehicle the escorts helped them get comfortable and showed them where their food and drink was, before leaving and closing the hatch and taking the elevator back down to ground level.

The family members who had come to see them off remained in the waiting room chatting with their friends for a while. They were all feeling a knot in their throats as they choked the tears which wanted to descend their cheeks, but they did their best not to let the others notice their feelings.

Up in the cabin the three strained their necks in an attempt to see their family members, but the safety belts prevented them from seeing out of their windows, so they gave up trying.

Over the speaker they heard the countdown and settled themselves back in preparation for the final moments. Countdown came to an end and a voice over the speaker wished them a pleasant voyage and away they went, up into the pale blue sky with a feeling of being pressed into their seats. Minutes later the compression ended and they felt more comfortable in their seats. Through the portholes beside them they could see the city getting small and then the country diminishing. Soon they could see the globe getting ever smaller.

From the doorway just outside the waiting room the well-wishers watched the rocket climbing into space leaving a trail of white smoke behind it, which enabled the people to accompany the assent of the rocket till all that was left was the white smoke, as the rocket had grown too small to be seen with naked eye.

Soon the voyagers were told that they could relax and move about one at a time if they wanted. They all heaved a sigh of relief at knowing that all was going as planned. All three felt that they preferred to stay put for now, and leave their places later on. Before leaving for the rocket, they had settled a roster for who was going to go first to the control panel, so Alexander got up out of his seat and went up front when they had been in space for half an hour. Because the craft was controlled from base, there was nothing for him to do there, but the organizers wanted someone at the controls all the time. Their trip was expected to last for about fifty six hours before they reached their destination.

At their base on the moon, the two explorers accompanied the lift-off of the rocket bringing their relieves. They began to collect together their things in preparation for their own departure in a few days time. There was not much to collect together as they had not brought many personal things with them. They each had selected a few little moon rocks to take back home as mementos. They had taken a few photos of each other with John's camera and he was going to send copies to Benjamin, when he had the film developed, after arriving back at his home town.

Both men were anxious to see their relief arrive, as they were rather a little homesick after seven months away from home. Back on planet Earth, their families were also excited at the imminent return of their space traveler relatives, and were making plans to meet them on arrival. They knew that the two men would have to spend a few days at the base, to go through medical exams and be interviewed by the organizers, so they constantly had to contact the base for information on when the men would be released. The press was also getting geared up to receive the astronauts. The Television crews were being alerted as well as the principal newspapers and the local ones too.

In the space craft, the three astronauts were anxiously looking forward to their arrival on the moon. They were comfortably at home in the cabin and each taking his turn at the control deck every so often as agreed.

Finally they could see the moon getting larger and larger, and they prepared for the landing. Back at base, the controllers were guiding the craft to close to where the other group had set up camp. Soon they handed over the control of the craft to the astronauts, who had to take over and land the vehicle.

The three were relieved when they finally touched down and were able to switch off the main motors and leave it in "park". They collected their things together and leaving them in an orderly manner got out of the vehicle. The two explorers who had been on the moon for six months were there to greet them and welcome them to their new temporary home.

"Welcome to the moon, your new home from home for the next few months." They said to their new friends.

The group went to the biosphere for the original two explorers to show the newcomers around. They explained some of the mechanisms to them, although they had already received instruction at the base during their month of adaptation before leaving. They showed how the recycling machines worked and how they had been using the materials on the plants which were not to be eaten. In the biosphere the five celebrated their arrival with a small party which the two had prepared to welcome their reliefs, the day before. They all relaxed the rest of the day so that the three newcomers could rest after their long journey.

At the end of the day, both groups went back to their individual crafts for dinner and to sleep till the next day, when they would all meet and start their day's work. The three newcomers were expected to stay for a week while they got to know what had been done and what they were going to do. After breakfast next morning they toured the area and got familiarized with what there was to see and continue doing what the two had already done.

The two showed them the underground passage where once a volcano had flowed, and they deliberated the possibility of it being used for habitation, at some time in the future, when families could come and populate the moon. Then they showed them where they had started to plant a few trees, in the shaded area they had created.

The three newcomers remembered that they had brought a few potted pine trees taken from the arctic, which were expected to withstand the cold nights and hot days. At this, Martin Stanley went to the vehicle and fetched two vases and brought them to the sight. He dug a hole and planted the two trees at a distance of six feet and said that tomorrow he would plant the others in an attempt to create a small forest. He commented on the trees that had already been planted and wondered whether they would thrive because of the large differences of temperature.

"Let's take our vehicle and look at a different area a few miles away." said Alexander. "Have you ventured far from the biosphere, yet" he asked "or have you always stayed close to "home"? There could be some interesting places beyond walking distance, you know."

"No, we have always stayed around here. There has been so much to do that we have not had time to venture away from this area." Answered John.

Together they went farther away from their new home. They got into their vehicle and drove many miles away from their base. They were surprised to find a large area which had, at some time in the past, been planted with trees, but these had not fared very well. They seemed not to be living any more, though there were a few signs of green on them. The ground also showed signs that at some time there had been grass or something there covering it. They also noted remnants of what had no doubt been an attempt to form a camp and the remains of possible residents who would have been there on a mission from some country interested in interplanetary discovery.

A week after the new group arrived on the moon, the original explorers decided that it was time to go home; so they called their new friends to a little party, which they prepared in the biosphere, and said goodbye to them because they were going to return to planet Earth the following day.

THE EXPLORERS GO HOME

When they arrived back on earth, the press was permitted to interview them two days later, when there were reporters and TV crews waiting to interrogate them in the reception hall. All these people from the media were accommodated on seats in the auditorium and were not allowed to come into close contact with them, but could ask them all the questions they wanted. All their questions had been submitted to the organizers for screening before the session.

Back at the base the two explorers were subject to medical exams performed by several different doctors. They had blood drawn for clinical tests and also had to face a stress test and echocardiogram each. All this was to see how their bodies had stood up to the six months they had spent without atmosphere on the moon.

"We have each brought a couple of small rocks back with us to show our friends what the moon is made of." Said the explorers.

"Oh, how interesting" said the doctors "can you let me see them" said one of them. "I have some interesting stones at home which decorate my sitting room".

Benjamin gave a small moon rock to one of the doctors to have as a part of his stone collection. On several visits to the beaches at home and overseas, he had brought home stones off the beach as mementos to remind him of his travels at home and overseas. He even had a piece of rock which he had brought from a mountain in Austria, when he was a young man.

After two weeks in the base, they were allowed to go home. Their families came to fetch them and took them back to their respective towns, where the local media also received them as heroes from outer space, and wrote an article in their papers.

John put his moon rock on the shelf in the sitting room for everyone to see, together with photos of his parents. Benjamin did about the same thing with his.

On the weekend, on his way home from church, he stopped at the park to get some fresh air. A young lady came by and asked whether she could sit on his bench and he said she could, and they started chatting.

"I came to this town some months ago; because my parents put me out of the house." she said "My name is Belinda, what is yours?"

He told her his name and about himself and then how he had to go home to prepare lunch now.

"Would you like me to come and help you? I would like to do that." Belinda said. So they went home and she cooked a nice meal for them and then sat continuing their previous conversation till evening. After dinner she asked whether she could have a bath.

"Ben, come help me here" she called "Get in the tub and we'll scrub each other" so he got undressed and they had a bath together before going to bed.

Two weeks after he arrived home, Benjamin started having a sore throat and went to the supermarket and bought a packet of lozenges. These did not have the desired effect so when she came to visit him, his mother told him to go to the doctor. He held out for a week and then succumbed to his mother's pestering.

At the consultation, the doctor examined his throat and found that it was very swollen. He also noticed that there was a rash starting all over his body. He prescribed an antibiotic for his throat and a lotion for his rash and told him to return the following week to see if he was any better.

The following week Benjamin retuned feeling much worse. He could hardly swallow and the rash was becoming soars all over his body. The doctor had his secretary make a telephone call and sent him to be seen by a dermatologist, immediately on leaving his consulting room. The dermatologist had never seen a rash like this and did not know what medication she should prescribe for him, so she gave him a tube of an antibiotic which she usually prescribed in fungal cases, and told him to make an appointment to return for a check-up the following week.

John was having similar trouble with his throat and stomach, and went to see his doctor ten days after arriving home. His father was also developing a soar throat, as were some of his friends, who had visited him when he arrived home.

Back at the base, the doctor Benjamin had given a stone to, had acquired some sort of skin infection which looked like boils, and they were festering. His doctor had him admitted into hospital for close observation and he was put in the isolation ward. There was a sign which read "No entry—Infectious disease" on the door of his room. His wife and children were beginning to have soar throats too and had bought cough drops to suck.

Because of all these happenings, the organizers of the moon project began to investigate the cause of these medical problems. After analyzing the cases closely, they came to the conclusion that the two explorers had brought some virus or bacteria with them. They came to the conclusion that the problem had something to do with the rocks brought from the moon. The doctor had not been to the moon but had the rock which Benjamin gave him in his house. So they fetched the stone from his house and did a number of laboratory tests on it. They ground a piece of it down and examined it under a powerful microscope and discovered that their fears were founded. The rock was carrying an enormous amount of powerful dangerous bacteria. This type of bacteria was totally unknown to them.

All the people who had come into contact with the stones, at the base and in the towns where Benjamin and John lived, were instructed to come for clinical exams in the hospital at the base. All the people who had visited the explorers and had come into close contact with the stones, showed signs of infection, and were admitted to the hospital for further medical examinations.

The stones were collected up and carried away in special boxes and taken to the base. But the explorers had brought several stones each, and no one knew who they had given them to. These persons were in severe danger of infections and did not know it. The problem now was to find out who they might have given these stones to. They did not want to scare the public by making a general notice regarding what was happening, but they had little choice. So they put a small notice in the two local newspapers of the towns where the two lived and hoped that this would bring the recipients in.

In fact, two recipients did respond and they were invited to come for tests at the base. They did come and were taken to the hospital for clinical exams, but fortunately they were declared "clean" and permitted to go home, but the stones were taken from them. Belinda also responded to the call and was found to have a rash all over her body. They medicated her and sent her home, but told her to return in two weeks time.

"Keep in touch with us." the doctors said "and Belinda, if the rash doesn't clear up, come back here immediately."

The organizers asked them not to tell anyone anything about what had happened, and they promised to keep quiet about the whole matter. But their neighbors knew what had happened and talked about it among themselves.

At home, the doctor's wife and children had gone to their doctor and he prescribed for them to have gastro examinations as they were showing signs of infection there. In fact, the tests showed that the doctor was right and that there was a severe intestinal infection in all of them and they had to be admitted to hospital immediately.

John's internal problem got much worse and he did not resist the infection. Within a week he died and his family had his body cremated at the request of the doctors, to avoid possible contamination. With the authorization from the family, his ashes were buried six feet below ground, at a private ceremony. At the request of the doctors, Benjamin's apartment was fumigated with a special anti-bacterial spray.

By now the organizers of the moon project had realized that the mission to the moon was in jeopardy and that the three men they had sent up recently were in mortal danger, but what should they do now? The space suits they wore all the time would protect them from any harm. They would just not have to come in contact with any of the moon rocks or soil, unprotected.

The organizers did not tell the three what was happening with their predecessors and the people with whom they had been in contact. They did not want to alarm them. So the three went about their business and did all they had to do.

By now the vegetables the two had planted were ready to be consumed and new ones had been planted. The corn was ripe and they ate it and planted more, because it was tasty and they wanted another crop. On the fruit trees were also some ripe apples and pears, which they were able to appreciate; soon there would be more.

The three selected the place where they were going to make the launch pad for future trips to be made towards other planets. They had received the necessary instructions on the use of the regolith and local materials they were going to utilizes for this project. They began by leveling the location they had chosen. This location was about a mile distant from the biosphere, far enough away not to get it smothered by the dust that would be disturbed by in-coming and out-going vehicles.

Because all this work had to be done by only three people, it took them a long time to get the project done. They fixed the blade they had brought with them and leveled the spot. Then they had to work the regolith in small patches till they had the area covered. While they were working on the launch-pad, a strange vehicle came to see what they were doing. It landed close to the site and after about an hour, a door was opened and a bunch of figures got out and came over to where the three were working. The three felt afraid but stood their ground and waited to see what would happen. The figures came close and attempted to communicate with them, but were unable, so they gave up and went back to their cigar-shaped vehicle and took off again.

At the end of the day they told "base" about the incident and they showed little interest, as they were accustomed to these sightings by previous astronauts during their missions into space. On several occasions commercial pilots had also reported similar sightings on international flights as well as domestic ones over several countries.

Due to the infection problem resulting from the moon project, the organizers decided to forget the moon project, but did not notify the three who were already up there and left them to their own devices, as had obviously happened in the case with the ones who had planted the trees in the other area, some time ago. The organizers realized that they were already infected with the deadly moon virus and would only end up bringing it back to planet Earth, so it was better to leave them as they were.

INDÍCE

Um Povoado Na Lua 1
Começam As Preparativas 4
Para Construir A Biosfera 7
Procurando Voluntarios Para O Projeto 9
Selecionando Voluntarios 11
O Dia Da Partida 14
Começa A Construção 18
O Povoado Esta Adiantando Bem 22
Os Exploradores Voltam Para Casa 29

UM POVOADO NA LUA

Depois da descida do homem no planeta que conhecemos como a Lua, os cientistas começaram a enviar robôs para trazer de volta amostras de materiais para analise. Inicialmente eles coletaram pedras para estudarem a sua composição. Depois fizeram os robôs fazerem viagens a varias partes do planeta e enviar de volta informações referente ao oxigênio e conteúdo da atmosfera lá. Também mandaram os robôs procurarem água, que é um item muito importante que o homem precisaria se ele fosse morar lá algum dia.

Os cientistas sabiam que o ar era muito fino, quanto a oxigênio, então quando os primeiros exploradores chegaram lá eles foram obrigados a carregarem tanques de oxigênio nas costas e também usarem roupas especiais por causa da temperatura que era muito quente durante o dia e gelado durante a noite. Também sabia que a gravidade da lua e muito baixa, portanto cautela especial tinha que ser observada, porque se um explorador fosse pular muito alto, ele talvez não voltaria imediatamente ao "chão" e ficaria flutuando no espaço enquanto descesse lentamente.

Mais vagens foram feitas por robôs de controle remoto, que eram equipadas com aparelhos capazes de analisar o solo e o ar e enviar informação de volta à Terra. Esses robôs coletaram pedras assim como amostras do solo e analisaram o seu conteúdo e transmitiram informação à "base". Aqui tenho que enfatizar que não há no presente informação referente à atmosfera da Lua.

Esta aldeia pretendida na Lua seria usada como trampolim para exploração do espaço. Já tinham enviado sondas da Terra em varias direções com a intenção de descobrir outros possíveis planetas que poderiam ser povoados ou não, onde exploradores da Terra poderiam ir no futuro. Muitas destas sondas ainda estavam a caminho a seus destinos e alguns tinham queimado antes de chegarem a seu destino ou colidiram ao chegarem.

Foi decidido que um pequeno grupo seria colocado no planeta para começarem um local experimental que mais tarde seria expandida com a intenção de se tornar uma colônia na Lua. Para isso se realizar, estudos cuidadosos foram feitas para estipular quais os materiais que seriam necessários para um povoado inicial. O pessoal organizador cuidadosamente elaborou um desenho de como pareceria a biosfera e quais aos materiais necessários para montá-la. De informação obtida da Biosfera 2 em Arizona, eles sabiam que madeira não poderia ser usada porque interferia com a atmosfera sendo criada / mantida no "povoado". Eles também sabiam que não seria aconselhável o uso de concreto pois interferia com a química do ar. Mas eventualmente usariam o regolith para construções.

A biosfera a ser criada necessitaria de um sistema para separar o oxigênio usado dos gases resultantes da respiração das pessoas. As plantas, que seriam mantidas, produziriam oxigênio através de fotossíntese. As arvores a serem plantadas produziriam o dobro da quantia de oxigênio de qualquer outro das plantas. Também produziriam frutas comestíveis, como maças e pêras. Também plantariam bananas, porque estes produzem fruta em pouco tempo e também reproduzem rapidamente.

Seriam plantados todos os tipos de plantas, porque no futuro próximo os residentes teriam que contar nos alimentos que eles mesmos plantaram. Teriam verduras sortidas assim como trigo e milho para fazerem pão etc.

Dentro do menor espaço de tempo os membros da expedição teriam que alcançar uma percentagem de oxigênio no ar de 21%, que é o que o corpo humano necessita, não obstante um mínimo de 16% seria aceitável no começo. Isto seria equivalente à atmosfera no pico de uma montanha alta. Mas com apenas este nível eles sempre sentiriam muita fadiga. A ausência da percentagem necessária de oxigênio no corpo chama-se hypotamia. A quantidade normal de oxigênio no sangue e de 90%.

Também teria um método de reciclagem de todo material usado; nada poderia ser desperdiçado. Toda água servida seria filtrada e purificada,

incluindo não somente a água do lavar mas toda água do banheiro e vaso sanitário. Nada podia ser desperdiçada.

Uma vez que os exploradores tinham completado a estrutura da biosfera e instalado os métodos de reciclagem e geração de eletricidade para iluminação e mas maquinas, eles começariam trabalhar nas acomodações.

Devido mas constantes flutuações de temperatura e o perigo de meteoritos e mini-meteoritos foi decidido que o lugar mais seguro para fazer acomodações seria no subterrâneo. Seria necessário fazer tocas com cobertura com um mínimo 2 ½ metros de espessura. Mas teriam que tomar cuidado para não passar abaixo do nível da água; seria necessário muito esforço para fazer muitas tocas para as pessoas morarem. Canais de vulcão extinto fariam locais ideais para habitações. Cada entrada teria que ser acondicionada com portas herméticas para evitar perda de ar respirável.

.

COMEÇAM AS PREPARATIVAS

U ma nave especial ia ser construída para levar um pequeno grupo de exploradores ao local que fora escolhida para iniciar. A área tinha uma superfície plana e era localizada numa bacia vários quilômetros de largura. A nave fora desenhada com porão grande no qual os materiais de necessidade imediata poderiam ser colocados. Foi feito muito esforço para acomodar os materiais de uma forme que permitiria aos exploradores um acesso fácil a o que necessitavam, na ordem na qual iam precisar. A nave também ia ser usada como casa para os exploradores enquanto estavam construindo a sua estação. Eles precisavam não somente espaço para viver como uma área onde pudessem cozinhar e comer. O veiculo também estava equipada com rodas para que pudesse ser utilizado como transporte quando eles precisavam.

Ao mesmo tempo, foi decidido que um veiculo seria construído especialmente para levar todos os materiais de construção ao lugar escolhido, dois ou três dias antes que a nave tripulada partisse. Este veículo também era equipado com rodas para que pudesse ser usada para transporte. O segundo veículo era necessário porque tantos materiais tinham que ser transportados e seria impossível levá-los em uma só nave.

O departamento de engenharia recebeu instruções quanto aos requerimentos para esta viagem. Duas naves grandes tinham que ser desenhadas especialmente para este projeto. Foi estimado que levaria no mínimo um ano para conseguir desenhos aceitáveis e mais um ano para construí-las. Os diretores queriam ter as plantas disponíveis em menos

tempo porque estavam ansiosos para ver o projeto em andamento o quanto antes. Após uma longa e esticada reunião eles prometeram que se esforçariam para encurtar a previsão.

Ao departamento de compras foi solicitado que procurassem amostras dos materiais que previam usar na missão. O projeto ia requerer materiais para armações leves e fortes para construírem a casa onde os exploradores iam trabalhar. Não seria possível transportar grandes quantidades de vidro para construir um lugar como a Biosfera 2, então uma alternativa teria que ser criada. O único material a eles disponível era lençol de plástico transparente que permitiria a entrada da luz. Não poderiam transportar sacos de cimento para usar no fabrico do piso, então tinham que pensar numa alternativa.

Chegaram a conclusão que não precisavam trabalhar no piso mas que a área onde as plantas iam ser colocadas teria que ser cavada a uma profundidade de 60cm e coberta com material impermeável para segurar a umidade, e o solo reposto para plantio. As arvores novas seriam plantadas a uma profundidade maior e não conectada às outras plantações, para que não as afoguem. No inicio não ia ser possível criar uma área grande de floresta, por falta de espaço, mas no futuro, quando o local fosse expandido, uma área grande para floresta deveria ser criada, que proveria muito mais oxigênio à "atmosfera".

O departamento de engenharia apareceu com os planos para as duas naves e serem enviadas a lua dentro do prezo e os apresentaram aos organizadores do projeto, que os examinou superficialmente antes de chamar umas reuniões completas dos participantes, que foi programado para a semana seguinte.

Na reunião aos participantes foram dados copias dos desenhos dos veículos projetados para que estudassem no seu tempo livre após a reunião. Ao mesmo tempo eles assistiram um show de slides onde os pontos principais dos desenhos foram apontados e explicados. Cada assunto foi discutido em detalhe e respostas foram dadas a todas as questões que foram levantadas. Em muitos casos foi salientado que mais espaço seria necessário para certos usos. Um dos espaços que precisava ser maior era a área onde ia ser transportada a água. Para resolver este problema foi decidido que um segundo veiculo seria necessário para levar não somente a água como um suprimento maior de oxigênio para a base, a fim de suprir a quantidade que estavam levando na primeira viagem e encurtar o período que estariam

com baixo conteúdo daquele gás no ar, enquanto as plantas faziam a sua parte através de fotossíntese.

Uma outra reunião foi escalada para daqui duas semanas quando mais planos seriam apresentados pelo departamento de engenharia, levando em consideração os comentários daquela primeira reunião. Também deveriam trazer planos para a terceira nave que seguiria após a chegada daquela tripulada, levando o grupo de pesquisadores.

Também foi apontado que outro veiculo seria necessário, seis meses depois que a primeira estava no espaço, para levar o grupo substituto quando os primeiros dois exploradores voltarem a Terra. Este veículo também levaria alimentos para eles comerem enquanto estivessem na Lua durante seus seis meses de estada, e outras necessidades que posem aparecer.

Em seguida a esta reunião os organizadores começaram a pensar em selecionar possíveis candidatos para a primeira estação experimental. Teriam que procurar jovens com boa saúde que tivessem um temperamento amigável e que estivessem preparados a trabalharem duro sob circunstancias duras e restritas. Os candidatos teriam que possuir algum conhecimento de agricultura bem como engenharia para capacitá-los a construir sua casa longínqua e plantar todos os vegetais que iam levar consigo, de tal forma que não somente exalariam o oxigênio que se esperava, mas também produzir alimento para os habitantes e semente para o plantio de colheitas futuras. Também teriam que estar cientes que teriam que estar preparados para trabalhar junto com bom companheirismo. Da experiência ganha do experimento Biosfera 2, levaram em consideração a animosidade do grupo após certo período de tempo naquela área experimental restrita.

PARA CONSTRUIR A BIOSFERA

Os engenheiros elaboraram um rascunho mostrando como a biosfera pareceria após a construção da primeira parte. Calcularam que seria 30 pés de largura e de profundidade e teria 20 pés de altura no meio.

A estrutura seria feita de varetas ocas flexíveis quatro pés de comprimento. Para juntar estas varetas, cada um teria rosca macho e fêmeo nas pontas para que cada vareta possa ser rosqueada na outra. Teriam varetas correndo de lado a lado e de frente ao fundo. As pontas das varetas seriam enterradas com uma vareta especial no chão, a cada quatro pés para segurar a estrutura firmemente. Como uma tenda, cordas seriam estendidas a cada dez pés e atadas a pinos enfiados fundo no chão.

Toda a estrutura seria coberta usando lençol resistente de dupla face contendo túneis ocos para as varetas a cada quatro pés. Este lençol seria transportado ao local em rolos medindo cinco pés e meio de largura de forma que possa ser estendendo formando a estrutura e ao montar as emendas seriam coladas junto com um adesivo especial em toda a extensão onde sobrepõem a folha vizinha, para evitar vazamento possível de ar.

As varetas de quatro pés seriam juntas com rosca uma na outra e inseridas a intervalos enquanto o lençol é estendido para formar o domo.

A entrada à biosfera seria feita por um corredor de cinco pés com uma porta hermética em cada ponta. O corredor seria de seis pés de altura e de largura permitindo qualquer pessoa padrão entrar sem ter que curvar. Varelas especiais seriam providas para este fim.

Todo material seria transportado da Terra à Lua no segundo veiculo sendo construído para carregar todos os outros materiais necessários para o projeto, que seria enviado numa data conveniente antes da nave levando os dois residentes voluntários.

Junto com este material todas as ferramentas necessárias para a expedição seriam enviadas. Tinham pás, picaretas, enxadas e uma porção de ferramentas manuais bem como carrinhos de mão para transportar terra e qualquer coisa mais.

PROCURANDO VOLUNTARIOS
PARA O PROJETO

U m pequeno jornal numa cidade em Utah publicou uma pequena nota sobre o que tinham ouvido sobre uma viagem planejada a lua, e a intenção de iniciar um pequeno povoado lá no futuro próximo. Isto começou as pessoas a falar e num programa de radio um ouvinte comentou no assunto. Logo ficou um assunto que as pessoas estavam discutindo nos bares à noite, depois do trabalho, antes de irem para casa jantar. Muitos dos fregueses achavam que era um projeto impossível e apenas mais um dos gastos do dinheiro do povo, mas alguns achavam um plano viável.

"Se você tivesse a chance, você ia como voluntário?" um homem perguntou.

"Sim, eu ia como voluntário se eles pedissem candidatos" respondeu um homem.

"Você esta louco!" comentou outro "não há nada lá senão pó: não tem ar, não tem água nem mulheres . . . ."

Mas seria emocionante ser um dos primeiros tentar." Disse o primeiro.

Este jornal de Utah era lido por muitas pessoas em outros estados, que tinham algum interesse na região, assim como negociantes que supriam a área com materiais e até atacadistas. Com isto, o assunto pegou ímpeto e ate houve comentário por um ouvinte de programa importante em Miami.

O assunto passou a ser de grande interesse pelo país e a idéia começou a ser ponderada em vários jornais e programas de radio. Alguns comediantes usaram para gozar dos organizadores e inventaram piadas para incluírem

em suas apresentações. Uma agencia de propaganda aproveitou o assunto e iniciou campanhas onde seus produtos estavam sendo oferecidos para venda na Lua. Uma rede grande de supermercados mostrou a sua primeira loja que estaria abrindo logo.

O publico em geral viu o assunto como uma piada, e teve pouco interesse na idéia. Mas pouco a pouco começaram a se acostumar as pequenas notas no jornal e a gozação que estava sendo feita pelos comediantes no radio e na televisão.

Para deixar o publico saber a que estavam fazendo, os organizadores elaboraram um relatório sobre o que tinha sido feito ate agora, e quando planejavam enviar o primeiro pioneiro à Lua. Informaram que logo estariam selecionando voluntários para o projeto.

Foi montada uma sessão para aceitar os nomes de voluntários. Os candidatos escreviam e um formulário especial foi criado e enviado a eles para preencher e devolver, fazendo perguntas especificas referente conhecimento e motivo para querer se tornar voluntário. A informação coletada referente suas razoes para ser voluntário era muito surpreendentes. Separaram-nas em categorias de perícia, para analise futura por um conselho de selecionadores. Muitas pessoas ofereceram para serem os primeiros a viverem e trabalharem na Lua. Tinha estudantes jovens que acabaram de sair do colégio, homens que acabaram de se divorciar, fazendeiros e ate um padre. Talvez este padre queria levar sua religião aos lunáticos que já populavam a lua, quem sabe. Não queriam achar voluntários demais pois isso tornaria seu trabalho muito complicado.

Das aplicações que receberam escolheram um pequeno grupo da qual talvez selecionariam os primeiros dois a serem escolhidos para a expedição. Todos os candidatos foram examinados por vários médicos de diversas perícias a fim de selecionar os melhores candidatos para a missão. Seriam informados referente a sua saúde atual e possível utilização no projeto, numa data futura.

O primeiro grupo deveria trabalhar no projeto por um período de seis meses. Não se achava que um período mais longo seria sustentável por eles. Pensava-se que após um período tal seus corpos estariam exaustos e reclamando a falta da quantidade de oxigênio no sangue ou alimentação adequada em geral. Por esta razão o conselho escolheu diversos grupos de possíveis candidatos que poderiam ser chamados para expedições futuras.

SELECIONANDO VOLUNTARIOS

John Biggs submeteu sua aplicação para ser um dos primeiros a trabalharem na Lua. Era fazendeiro de Texas e esteve trabalhando a terra com seu pai por cinco anos. Tinha vinte e sete anos de idade e queria uma oportunidade de fazer algo diferente. Em casa cuidava de tudo que estava quebrado. Tinha instalado um motor elétrico novo na bomba d'água no poço bem como instaladou luz elétrica no galpão novo que acabaram de fazer. À noite ele gostava de jogar domino, se conseguisse parceiro mas geralmente ele lia um livro ou uma revista. Ele também tinha uma coleção de selos do qual se orgulhava.

Patrick Garret era padre Católico e foi mudado de uma igreja a outra três vezes recentemente. Ele tinha quarenta anos de idade e esteve na igreja por oito anos. A pesar de ser um "homem de Deus", ele tinha suas duvidas a respeito do nascimento virgem, mas nunca comentou com ninguém. Ele sabia que fazia parte da crença Católica.

Martin Stanley era jardineiro por profissão. Ele tinha frequentado faculdade e estudado por um ano e meio e sabia os nomes em Latim das plantas comuns. Ele ia completar vinte e seis anos no próximo aniversario. Ele tinha todas as ferramentas que precisava para cuidar dos seis jardins na sua vizinhança, que lhe provia dinheiro suficiente para viver. Ele morava com seus pais e cooperava nas despesas domesticas.

Benjamin Adams era mecânico de automóveis numa pequena cidade da Geórgia e queria ver o mundo algum dia. Ele tinha até considerado entrar na marinha mas sua mãe conseguiu dissuadi-lo quando ele disse que ia alistar. Ele tinha trinta anos de idade e ainda era solteiro porque não tinha achado uma moca que tivesse os mesmos interesses dele. Ele morava só num pequeno apartamento na periferia da cidade. Ele não era entusiástico sobre dançar, mas ia às festas na igreja. Ele queria voluntariar para ir a Lua porque ele achava que seria emocionante.

Alexander Hopkins era professor de geografia no colégio local. Ele tinha dado aula lá por cinco anos e gostava do seu emprego. Ele cantava no coro da Igreja Episcopal que freqüentava e era muito popular com todos. Ele ouviu falar do projeto lunar de um dos seus alunos e achou que seria interessante participar num projeto assim.

Margaret Waters foi a primeira mulher a voluntariar; outras seguiram. Ela era uma professora jovem e desejosa por uma expedição a algum lugar novo. Era casada e não tinha filhos. "Não seria emocionante ter o primeiro bebe nascido na Lua!" ela disse. Seu marido era caixa num banco. Ela tinha um jardim grande onde ela cultivava ervas para sua cozinha. Ela também tinha um pequeno pomar. Ela freqüentava sua igreja Batista todo domingo de manhã.Seu marido preferia ficar na cama até o meio da manhã e não acompanhava ela à sua igreja.

Rosalyn Peters era uma senhora de meia idade que tinha trabalhado numa oficina como mecânica de automóvel por dez anos. Ela era a melhor especialista elétrica na oficina e tinha orgulho das suas habilidades. Seu marido tinha falecido recentemente e ela estava procurando alguma atração para tirar a sua mente da sua perda. O casal não tinha filhos porque ela era enfadonha. Ela não estava com pressa para achar outro homem.

Zachary Ambrose tinha vindo a América como imigrante esperando uma vida melhor do que tinha no seu país. Era jovem e tinha corpo forte e não tinha profissão especifica e estava à procura de aventura. Ele tinha acompanhado as expedições ao espaço e estava ansioso para participar, se lhe dessem oportunidade. Não tinha o que ele não conseguisse fazer pela casa e era freqüentemente solicitado para ajudar alguém em dificuldade. Ele podia consertar um carro ou ajudar alguém na construção de uma casa quando solicitado.

Roselyn Cummins era uma jovem Afro-Americana que não sabia o que queria fazer na vida. Ela tinha completado um curso de computação na faculdade e não tinha encontrado emprego na sua cidade. Se ela tivesse o dinheiro ela gostaria de viajar o mundo, principalmente para a África ou o Oriente Médio, porque ela sabia que o povo la estava precisando de educação e saúde.

O DIA DA PARTIDA

A nave especial estava pronta e no lugar para aceitar o grupo de aventureiros e levá-los à Lua. Os jornais tinham colocado a viagem como manchete na primeira pagina da frente das suas edições matinais. Na verdade, eles tinham mencionado o fato na véspera, numa posição não tão conspícuo.

Na verdade, ninguém tinha certeza que o lançamento ia de fato acontecer, porque dependia principalmente nas condições do tempo aqui na Terra e lá no espaço. Mas o tempo era o melhor que podiam esperar e agora todos estavam emocionados com a perspectiva do levantamento ser um sucesso.

A engenharia tinha dado partida nos motores do foguete, que levaria o veículo ao espaço cedo nessa manhã e vapor estava espalhando ao redor no escapamento. Todo o interior da nave fora inspecionado para averiguar que tudo estava em ordem. O departamento de alimentos tinha feito a sua parte e colocado comida excelente abordo para os dois viajantes comerem na sua viagem.

Os membros próximos das famílias, seus pais, irmãos e irmãs e alguns amigos estavam num grupo fora da sala de espera e desejando aos exploradores uma boa viagem à Lua e uma chegada suave. Os membros mais sentimentais das famílias começaram parecer que estavam tentando engolir as suas emoções e estavam tendo dificuldade com isso.

Chegou a hora quando os exploradores foram informados que tinham dez minutos até partirem para a nave. Ambos abraçaram e beijaram os membros das suas famílias e agradeceram por ter vindo ver a sua partida.

Prometeram escrever a eles assim que o correio estivesse estabelecido na Lua. Presumiram que falariam no radio de vez em quando.

Quando chegou a hora de embarcar na nave, andaram rapidamente pelo caminho ao elevador e abanaram mais uma vez a seus familiares antes de desaparecerem na entrada. Um elevador os levou a entrada e eles subiram abordo da nave e cada um pegou o seu lugar. Os assistentes os ajudou colocarem os cintos direito e lhes deu instruções finais sobre como deviam manejar a nave "em route" e quando chegassem. Tendo feito a sua parte e certificado que os exploradores estavam devidamente acomodados, os assistentes foram ao corredor que levava ao elevador e fecharam a escotilha antes de descerem ao chão.

Meia hora depois os organizadores começaram a contagem regressiva para o veículo finalmente alcançar a partida. Os motores começaram acelerar em preparação da ordem para partir. Logo os motores começaram a roncar e o veículo começou a subir ao ar e logo aumentou a velocidade. Dentro de minutos a nave quase estava invisível aos espectadores quando desapareceu no céu. Somente ficou visível uma trilha de fumaça por onde eles tinham passado.

O grupo de despedida lentamente caminhou à saída ainda falando da despedida na qual tinham participado. Lá fora todos entraram nos seus carros e foram para casa, aliviados porque tudo tinha ido bem.

Na nave, os dois começaram a falar como era excitante tudo isso. Comentaram que não podiam soltar os cintos ainda, mas que logo poderiam. Uma transmissão da base veio pelo radio dando as boas vindas ao espaço e começou dando instruções sobre o que deviam fazer agora.Foram relembrados que na repartição na frente de cada um tinha um frasco de água e um de suco e que podiam beber quando quisessem. Logo abaixo tinha seus pacotes de comida, que não necessitava aquecimento. Eram semelhantes às refeições dadas aos militares quando estavam numa missão. Estas refeições eram iguais às que receberam todos os dias no seu primeiro período, quando estavam se acostumando a seu novo lar. Pelo rádio foram lembrados para não comer toda a comida de uma vez, porque se esperava que a viagem fosse levar um mínimo de dois dias e meio antes de alcançar seu destino.

Foram informados que podiam se mover pelo compartimento uma vez que estivessem no espaço, mas que não deviam se movimentar muito porque podia atrapalhar o veiculo. Assim que o foguete atingisse uma certa

velocidade e estivesse entrando no espaço superior, "controle" soltaria o veiculo e guiaria-o de volta à base numa curva aberta e de descida lenta.

Os dois tinham passado um mês junto no acampamento antes desse dia, para que pudessem e conhecer. Era imperativo que isso fosse feito para que os organizadores possam ter certeza que eles se dariam bem lá na Lua, porque eles não podiam ter nenhuma incompreensão entre eles, uma vez que tinham que trabalhar juntos nos próximos seis meses. Não teria como qualquer deles pudesse ser substituído antes do fim da missão devido a incompatibilidade.

Os organizadores tinham escrutinado todos os pedidos de candidatos e tinham selecionado John Biggs e Benjamin Adams como sendo os mais adequados para essa missão. Eles tinham acompanhado como eles se davam e estavam tão certos quanto possível que eles tinham escolhido os mais adequados para a missão. O primeiro porque era fazendeiro e saberia da melhor forma de manejar o plantio; e Benjamin Biggs porque ele tinha muita experiência em mecânica e se esperava que fosse capaz de resolver qualquer problema mecânico que possa se apresentar.

"Controle" voltou ao ar e os informou que o foguete fora desacoplado e que de agora em diante eles estavam encarregados do veiculo. Deviam revesar e estar atento ao manejo da nave a toda hora. Benjamin foi o primeiro a assumir a cabine pelas primeiras duas horas. Depois passaria para John para a próxima etapa da viajem.

Bastante material de leitura foi posto na nave para que eles tivessem material de entretenimento quando quisessem. Também tinham acesso a vários e-books no computador, quando tivessem vontade de ler uma novela escrita por um autor bem conhecido ou um desconhecido que tinha publicado um livro recentemente.

Olhando por uma das janelas John podia ver o planeta Terra ficando cada vez menor ao irem embora em direção ao seu destino. De vez em quando ele podia ver pedaços de lixo espacial passando. Ele comentou com Benjamin quanto lixo tinha la em cima, sobrando de missões anteriores que não tinham chegado ao seu destino. Muito era sobra de atentados anteriores para alcançar a Lua e outras missões espaciais americanas, russas e chinesas.

Mais tarde no seu caminho, eles foram seguidos por um OVNI, que provavelmente estava pensando o que eles estavam fazendo no seu espaço aéreo. O veiculo os seguiu por mais de meia hora e depois partiu para o

oeste e desapareceu de vista. Os dois comentaram que este provavelmente não seria a vista única que iriam ter durante a expedição. Eles entenderam que o espaço exterior não era propriedade de nenhuma nação ate agora. Disseram que provavelmente, um dia no futuro não tão distante, os vários planetas seriam obrigados a estabelecerem regras e regulamentos quanto ao uso do espaço aério

Depois de algumas horas os dois decidiram que estariam necessitando dormir um pouco, e concordaram em quem ia ficar com a vigília primeiro e por quanto tempo. Ficou para John ter a primeira vigília e que ele chamaria Benjamin quatro horas mais tarde para tomar seu lugar. Antes de pegar o controle John decidiu comer a sua primeira refeição a bordo, então ele pegou seu pacote de baixo do banco e abriu. Ele disse que não era a melhor refeição que já teve, mas que era melhor que nada e tinha satisfeito a sua fome. Depois ele pos um pouco de suco no seu caneco e bebeu. Ante se tomar a sua posição na cabine ele visitou a privada, porque ia ser um tempo antes de poder ir novamente.

O curso da nave já tinha sido estipulado e era controlado da base em Terra, então não teria necessidade de guiar nada, apenas sentar e ficar de olho nas coisas e responder qualquer chamada ou instrução da base.

Benjamin colocou sua poltrona na posição horizontal e tentou pegar no sono, mas a emoção do dia tornou isso difícil a essa hora. Ele deitou lá e contemplou como o dia tinha passado.Ele pensou sobre como seriam os dias quando chegasse na Lua.Ele sabia que tinha muito que fazer lá em cima e estava ansioso para começar. Enquanto pensava sobre o que ia fazer, lentamente ele caiu no sono, sem saber

COMEÇA A CONSTRUÇÃO

Os voluntários começaram escolhendo um local adequado e começaram a montar sua biosfera. Os dois olharam em volta e debateram sobre várias localidades. Após cerca de duas horas chegaram a uma decisão.

Os dois voltaram ao veiculo e tiraram algumas das ferramentas que iam usar. Primeiro eles tinham que colocar alguns marcadores no chão para indicar onde o perímetro seria localizado. Eles logo descobriram que as demarcações tinham que ser feitas cuidadosamente para não levantar muito pó. Colocaram as primeiras estacas onde achavam que os cantos deviam ficar e depois riscaram linhas no chão mostrando onde se esperava que as beiradas da biosfera ficariam. Riscaram onde a entrada ia ser localizada.

Tendo rascunhado o desenho da sua casa futura, eles retornaram ao veiculo para almoçar. O esforço da manha tinha dado a eles um pouco de fome. Cada um abriu seu envelope de comida militar e saboreou o seu conteúdo. Por ser um dos primeiros que comiam, a comida era agradável.

Depois de um pequeno descanso eles começaram o trabalho. Tinham que começar se preparar para montar a tenda da biosfera. Sabiam que tinha muito trabalho à sua frente e tinham que começar assim que possível.

Pegaram as ferramentas que acreditavam que iam usar imediatamente. O primeiro que buscaram foi o carrinho de mão. Eles iam precisar d'aquilo para transportar o material ao local.

Os rolos estavam empilhados no porão de forma que podiam ser puxados para fora facilmente. Por causa do seu peso cada um teve que ser carregado

por ambos os homens e colocados por vez no carrinho e empurrado para o local onde iam ser colocados um por vez.

Primeiro tiraram alguns postes e travessões que iam segurar o centro do domo. Depois carregaram-nos ao local para que pudessem armá-los em preparação para erguê-los na posição. Depois levaram as peças ocas mais grossas que deviam segurar o esqueleto no ar.

Cada secção de cinco pés tinha que ser rosqueada na anterior antes de ser erguida em posição. Cavaram buracos, um metro de profundidade, para colocarem os postes a intervalos de 1m ½ e uma trincheira de um metro de profundidade no perímetro da tenda. Na trincheira estreita eles iam enterrar as pontas das varetas que percorriam a tenda. Amarraram três cordas temporárias a cada lado aos postes e fixaram-nas a estacas enfiadas a três metros de distancia. Isto manteria os postes no lugar enquanto fixavam-nas aos travessões no topo de cada poste, na extensão de toda tenda. Nas intersecções tinham peças de junção em forma de cruz juntando as peças nas quais eram rosqueadas as travessas.

Quando tinham segurado firmemente o esqueleto no lugar eles começaram montar as tiras de lençol de plástico e erguendo-as para o lugar, primeiro num lado e atarraxado as "vértebras" conforme iam. Quando tinham completado um lado, foram ao outro. Quando ambas as se encontravam no topo eles colavam as pontas com o adesivo colante especial.

Agora estavam prontos para começar na segunda tira, atarraxando as varetas transversais nas já colocadas tiras plásticas e certificando que as tiras se sobrepunham. Quando tinham esta tira plástica paralela à outra eles tinham que colá-las em toda extensão, usando o adesivo especial para que não haja vazamento de ar de dentro da tenda. Agora estavam prontos para atarraxarem os postes que foram enterrados um metro no chão às pontas dos travessões do teto plástico.

Para fazer tudo isso tiveram que usar uma estrutura sobre rodas na qual podiam subir e montar a tenda por cima. Quando tinham terminado uma secção, a estrutura sobre rodas seria mudada para frente à próxima secção. Daqui o processo seria repetido ate que a biosfera estivesse completada. A porta de entrada ia ser montada como uma unidade e depois conectada a tenda principal e as bordas coladas com o adesivo celante especial.

Levou os homens dois dias para preparar para a montagem e depois três semanas para ter a biosfera montada e preparada para ser trabalhado mais.

Durante as semanas que seguiram começaram cavar a área que ia servir para o plantio dos vegetais que tinham trazido para começar plantar para comer. Removeram trinta centímetros de solo e puxaram para frente. Precisavam cobrir a superfície do fundo com material impermeável a fim de não perder a água que iam usar para umedecer o solo. Tendo feito isso, recolocaram o solo e começaram plantar e semear. O solo excessivo que retiraram evitaria que a água escapasse. Lentamente eles conseguiram plantar as verduras e as sementes também. Tinham trazido alguns pés frutíferos então cavaram uma área mais profunda para plantá-las. Entre as linhas de arvores plantaram milho e cana de açúcar. Assim um dia teriam adoçante natural e também algo para mastigar.

Também tinham que montar o aparelho de reciclagem, porque não podia ter esperdício. Todos os líquidos tinham que ser reciclados e todos os materiais sólidos também para serem usados como fertilizante. O material sólido da privada não seria usado como fertilizante em plantas alimentícias, mas podia ser espalhada em outros lugares.

Uma parte do seu tempo usaram para instalar os painéis solares para pegarem a luz solar e as baterias para que pudessem começar usar a energia para operar a maquinaria de reciclagem do ar e do gerador. Também precisavam começar o ar-condicionador para manter uma temperatura estável na biosfera, devido à flutuação da temperatura exterior.

Sabendo que precisariam de um lugar forte para morar, eles começaram procurar qualquer caverna possível que possa haver na área. Cavar uma toca três metros debaixo da superfície seria uma operação muito desgastante, então procuraram alguma passagem subterrânea que podia ser uma passagem de vulcão extinto de erupção antigo. Eles sabiam que na lua não tinha mais vulcões ativos, portanto uma passagem subterrânea poderia ser usada para habitação futura.

Por causa de mini meteoritos que caem constantemente do espaço à superfície do planeta, eles precisavam de uma cobertura de 2 ½ metros de material resistente. E por isso que precisariam fazer uma toca tão profunda, se não pudessem achar uma natural.

Tiveram sorte de achar uma passagem saindo da cratera menos de um kilômetros distante. Entraram no túnel e o inspecionaram para ver qual a sua profundidade e se tinham outras passagens que saíam como ramos. Descobriram que era bem grande e que no futuro poderia se tornar uma

aldeia subterrânea onde varias famílias poderiam morar confortavelmente, com um "dedo" individual como moradia

Os dois homens estiveram trabalhando na Lua por algum tempo e estava aproximando o dia quando diriam adeus e sua criação e começar pensar em partir. Tinham trabalhado duro no projeto e alcançado mais que esperavam. A qualidade do ar na biosfera estava ficando melhor e eles quase que podiam passar sem mascaras nele, mas não por muito tempo porque a contagem de oxigênio ainda estava abaixo de 16%, que quase seria equivalente ao pico de uma montanha alta.

O aparelho de ar condicionado tinha que operar quase constantemente para manter a temperatura porque, lá fora, durante o dia a temperatura era acima de 100 graus enquanto a noite era—150c. Eles tinham descoberto que para aquecer a comida durante o dia eles só tinham que colocá-la fora por pouco tempo e aquecia em minutos.

O POVOADO ESTA ADIANTANDO BEM

Depois de um período relativamente curto, os exploradores descobriram que tinha água meio metro abaixo da superfície do chão. Os robôs tinham dado esta informação à "base" antes da criação do projeto, mas não deram muita importância. Os cientistas estavam mais interessados em outros projetos no então.

Com esta informação tentaram plantar algumas arvores numa área onde a sua água não fosse tomada. Cavaram alguns buracos ate alcançarem água e plantaram arvores neles e recolocaram o solo e compactaram-na ao redor das raízes. O experimento funcionou e procuraram obter outras mudas das arvores e plantaram elas da mesma forma naquela área. Daquela forma começaram a ter uma pequena floresta.

Com o sucesso que estavam tendo com estas arvores, começaram fazer a mesma coisa fora da tenda. Com um pouco do material plástico que sobrou, eles criaram uma área sombreada onde puderam colocar umas plantas no aberto. Eventualmente cobririam a Lua com vegetação. Quem sabe, com tempo, possam criar um nível de oxigênio na atmosfera da Lua. Sabiam que levaria um longo tempo, mas isto não importava. Tudo que estavam fazendo era um experimento que podia funcionar.

Quando da próxima vez que falaram com o pessoal da Terra, pediram que mandassem, com os próximos exploradores, algumas mudas de pinheiro plantadas em potes para eles plantarem na área sombreada que criaram. Poderiam até incluir umas sementes de pinheiro, para eles experimentarem. Porque tinham que ser arvores resistente, sugeriram que deviam vir das

montanhas do Norte do Canadá e da Alaska, onde a temperatura e baixa no inverno e moderado no verão. Achavam que sendo que as mudas eram ainda novas, talvez se acostumariam às flutuações de temperatura. Na povoação eles tinham bastante para fazer. Cavaram mais áreas onde pudessem colocar o material impermeável para depois cobrir com solo e colocar mais plantas. Em outras áreas apenas cavaram ata alcançavam água e colocaram fileiras de plantas. Estas plantas iam ser seu alimento no futuro. Iam cuidar delas e quando estivessem maduras, iam comê-las, pois trouxeram somente uma quantidade limitada de comida do planeta Terra.

Em alguns lugares plantaram repolho e em outras cenouras. Tinham semeado uma grande área com trigo, para que o próximo grupo pudesse fazer pão mais tarde e talvez um bolo. Na área florestal semearam milho entre as arvores e esperavam uma boa colheita em breve. Também plantaram cana de açúcar lá.

Era hora de um novo grupo de exploradores assumirem a tarefa de criarem um povoado na Lua. Os primeiros dois tinham trabalhado duro para levantarem a biosfera e fazê-la funcionar. Tinham plantado diversos tipos de plantas comestíveis e algumas arvores. Também tinham procurado água fundo no chão. Nas suas explorações tinham descoberto túneis levando a vulcões extintas que poderiam servir de habitações para varias famílias no futuro.

Os organizadores do projeto agora tinham que escolher os próximos exploradores para continuarem o trabalho já feito pelo primeiro grupo. Eles tinham uma lista de vários voluntários para olhar. Cada membro levou para casa uma copia da lista para estudar e selecionar dois homens.

Sabendo que era tempo para selecionar voluntários, alguns dos candidatos escreveram aos selecionadores para lembrá-los que ainda queriam ir na missão. Os selecionadores examinaram a lista de candidatos e elaboraram uma lista mais curta que poderia ser considerada.

Da lista dos candidatos interessados chamaram cinco a base para outra entrevista e possivelmente serem convidados a irem na próxima missão. Depois das entrevistas o painel teve outra reunião e chegaram à seguinte conclusão: Achavam que era cedo demais para mandar uma mulher ainda, não obstante a Roselyn Cummins poderia ser útil, com seu conhecimento de mecânica. Consideraram Margaret Waters por um tempo mas descartaram

porque ela tinha demonstrado sinal que queria ser a primeira a ter criança nascida na Lua.

Consideraram os candidatos homens e decidiram que esta vez mandariam três pessoas que poderiam fazer bom progresso na tarefa. Então escolheram Zachary Ambrose, que era um jovem "faz tudo" e era muito saudável e forte; Alexander Hopkins porque era professor e seria capaz de organizar o trabalho a ser feito e Martin Stanley pelo seu conhecimento de cuidado de plantas.

Os três homens aceitaram o convite e foram para casa informar os membros das famílias que eles estavam partindo pelos próximos sete meses. Todos retornaram à base na próxima segunda para receber treinamento e instruções.

Os três foram mantidos numa área restrita que os obrigou a acostumarem-se uns aos outros, em preparação para a missão que iam assumir. Foram retirados da comida ao qual estavam acostumados e apresentado a ração militar como seus antecessores.

Na viagem, eles levariam consigo algumas galinhas vivas, um galo e alguns ovos fertilizados. Desta forma o chão podia ser naturalmente fertilizado e talvez alguns pintos chocariam e aumentarem o numero de galinhas viva. Com cuidado as galinhas botariam ovos para eles e também serviriam de alimento mais tarde. Também estavam levando uns sacos de semente de grama para espalhar na esperança de criar uma área gramada lá em cima; desta forma, eles poderiam mandar umas cabras na próxima vez. Leite de cabra e muito saudável e melhor que leite de vaca para humanos. Também as cabras manteriam a grama baixa e fertilizaria o chão até mais.

Um mês mais tare os três estavam prontos para serem enviados ao seu novo "domicilio". Um veiculo novo e aperfeiçoado estava os esperando na área de lançamento, sentado confortavelmente num foguete, pronto para empulsa-los à Lua.

Seus familiares foram convidados a virem à base e vários dos seus parentes vieram também. Na sala de espera perto da área de lançamento os três aventureiros deram "adieu" antes de caminharem ao local de lançamento e entrarem no elevador ao seu veiculo com seus acompanhantes. Dentro do veiculo os acompanhantes ajudaram-os a se acomodar e mostraram onde estava a sua comida e bebida, antes de partirem e fecharem a comporta e tomarem o elevador de volta ao nível do chão.

Os familiares que tinham vindo para ver a sua partida permaneceram na sala de espera conversando com seus amigos. Todos estavam sentindo um nó na garganta enquanto engoliam as lagrimas que queriam correr pelo rosto, mas fizeram seu máximo para não deixar os outros perceber os seus sentimentos.

Lá na cabine os três se esforçavam numa tentativa de ver seus familiares, mas os cintos de segurança impediam de ver pelas janelas, então desistiram de tentar.

Pelo alto-falante ouviram a contagem regressiva e sentaram para trás em preparação aos momentos finais. A contagem terminou e uma voz os desejou uma viagem agradável e eles se foram, lá para o céu azul claro com uma sensação de serem comprimidos nos assentos. Minutos mais tarde compressão terminou e eles se sentiram mais confortáveis nos seus assentos. Pelas janelas a seu lado eles podiam ver a cidade ficando menor e depois o país diminuindo. Logo podiam ver o globo ficando menor.

Do lado de fora da porta da sala de espera os amigos assistiram o foguete subindo ao espaço deixando uma trilha de fumaça atrás, que permitia as pessoas acompanharem o assento do foguete até que tudo que restava era a fumaça branca, pois o foguete tinha ficado pequeno demais para ser visto a olho nu.

Logo os viajantes foram informados que podiam relaxar e andar por ali um por vez se queriam. Todos se sentiram aliviados ao saber que tudo estava conforme planejado. Todos os três acharam que eles preferiam ficar onde estavam, e deixar seus lugares mais tarde. Antes de partirem para o foguete eles tinham feito uma lista para quem ia tomar conta do painel de controle primeiro, então Alexander levantou do seu assento e foi à frente quando eles já estiveram no espaço por meia hora. Porque a nave era controlada pela base. Não tinha nada para ele fazer lá, apenas os organizadores queriam alguém no controle a todo tempo. Sua viajem deveria levar cerca de cinqüenta e seis horas antes de alcançar seu destino.

Na sua base na Lua, os dois exploradores acompanharam o lançamento do foguete trazendo seus substitutos. Começaram juntar suas coisas em preparação para a sua própria partida dentro de alguns dias. Não tinha muito para juntar porque não tinham trazido com eles muitas coisas pessoais. Cada um tinha selecionado algumas pedrinhas para levarem de volta para casa como lembranças. Tinham tirado algumas fotos um do outro com a câmera

do John e ele ia mandar cópias ao Benjamin, quando revelasse o filme, depois de chegar na sua cidade.

Ambos os homens estavam ansiosos para ver os seus substitutos chegarem, porque estavam um tanto saudosos depois de sete meses longe de casa. No planeta Terra, seus familiares também estavam emocionados com o retorno iminente dos seus parentes viajantes do espaço e estavam fazendo planos para encontrá-los na chegada. Sabiam que os dois teriam que passar alguns dias na base, para passar por exames médicos e entrevistas pelos organizadores, então eles constantemente tinham que contatar a base para obter informação sobre quando os homens seriam liberados. A imprensa também estava se preparando para receber os astronautas. As equipes de televisão estavam sendo alertadas bem como os jornais principais também.

Na nave especial, os três astronautas estavam antecipando ansiosamente a sua chegada na Lua. Estavam confortável na cabine e cada um tomando a sua vez na mesa de controle conforme combinado.

Finalmente eles podiam ver a Lua ficando cada vez maior, e eles prepararam para a aterrissagem. Na base, os controladores estavam guiando a nave para perto de onde o grupo tinha armado o acampamento. Logo eles passaram o controle da nave aos astronautas, que tinham que assumir e aterrissar o veículo.

Os três ficaram aliviados quando finalmente aterrissaram e puderam passar os motores principais para "estacionar". Juntaram as suas coisas e as deixaram numa ordem ordenada e saíram do veiculo. Os dois exploradores que estiveram seis meses na Lua estavam lá para recebê-los e dar as boas vindas a seu novo lar.

"Bem vindos a Lua, o seu lar longe de casa para os próximos seis meses" eles disseram a seus novos amigos.

O grupo foi à biosfera para os dois exploradores originais levar os recém chegados por ali. Explicaram alguns dos mecanismos, não obstante já tinham recebido instrução na base durante o seu mês de adaptação antes da partida. Mostraram como funcionava a máquina de reciclagem e como estiveram usando os materiais nas plantas que não eram para comer. Na biosfera os cinco festejaram a sua chegada com uma festinha que os dois tinham preparado para receber seus substitutos, no dia anterior. Todos relaxaram

no resto do dia para que os três recém-chegados pudessem descansar após a sua longa jornada.

No final do dia, ambos os grupos retornaram a suas naves individuais para jantar e dormir até o dia seguinte, quando todos encontrariam e começar o trabalho do dia.Os três recém-chegados deveriam ficar por uma semana enquanto ficavam conhecendo o que tinha sido feito e o que estavam fazendo. Depois do café da manhã no dia seguinte eles fizeram uma turnê da área e se familiarizaram com o que tinha para ver e o que os dois já tinham feito.

Os dois mostraram a passagem subterrânea onde uma vez corria um vulcão e ponderaram na possibilidade de ser usada para habilitação, num tempo no futuro, quando famílias poderiam vir e popular a Lua. Depois lhes mostraram onde eles tinham começado plantar umas arvores, na área sombreada que eles criaram.

Os três lembraram que tinham trazido alguns pinheiros em vasos tiradas do ártico, que se esperavam enfrentar as noites frias e dias quentes. Nisso, Martim Stanley foi ao veiculo e buscou dois vasos e as trouxe ao local. Cavou dois buracos e plantou as duas arvores a uma distância de dois metros e disse que amanhã ele plantaria as outras numa tentativa de criar uma pequena floresta. Ele comentou sobre as arvores que já foram plantadas e ponderou se eles vingariam por causa das grandes diferenças de temperatura.

"Vamos pegar o nosso veiculo e olhar uma área diferente há alguns quilômetros de distancia daqui" disse Alexander.Vocês já aventuraram longe da biosfera? "ele perguntou" ou vocês sempre ficaram perto de "casa"? Poderia ter uns lugares interessantes alem da distancia a pé, sabem."

"Não, sempre ficamos por aqui. Tínhamos tanto que fazer que não tivemos tempo para aventurar longe desta área". Respondeu John.

Juntos foram mais longe do seu lar novo. Entraram no seu veiculo e dirigiram muitos quilômetros longe da base. Foram surpresos ao encontrar uma área grande que tinha, algum tempo no passado, sido plantado com arvores, mas estas não se deram muito bem. Pareciam que não estavam mais vivas, a pesar de ter poucos sinais de verde neles. O chão também mostrava sinais que há algum tempo teve grama, ou algo que o cobria. Também notaram resíduos de que, sem duvida, fora uma tentativa para formar um acampamento e restos de possíveis residentes que estiveram lá numa missão de algum país interessado em descoberta interplanetária.

Uma semana depois que o novo grupo chegou na Lua, os dois exploradores originais decidiram que era hora de ir para casa; então chamaram seus novos amigos para uma festinha, que prepararam na biosfera, e se despediram deles porque iam retornar ao planeta Terra no dia seguinte.

OS EXPLORADORES VOLTAM PARA CASA

Quando chegaram de volta na Terra, permitiu-se que a imprensa os entrevistasse dois dias depois, quando tinha repórteres e equipes da TV esperando interrogá-los na sala de recepção. Todas estas pessoas da media foram acomodadas nos assentos do auditório e não foram permitidos entrar em contato próximo com eles, mas podiam fazer as perguntas que quiseram. Todas as suas perguntas foram submetidas aos organizadores antes da sessão.

De volta na base os dois exploradores foram sujeitos a exames médicos realizados por médicos de diversas especialidades. Retiraram sangue para testes clínicos e também tiveram que fazer um "stress test" e eletrocardiograma cada. Tudo isso era para ver como seus corpos resistiram os seis meses que passaram sem atmosfera na Lua.

"Cada um de nós trouxe umas pedrinhas de volta consigo para mostrar aos nossos amigos de que é feita a lua." Disseram os exploradores.

"Ah, que interessante" disseram os médicos "pode me mostrar?" disse um deles. "tenho umas pedras interessantes que enfeitam a sala de estar."

Benjamin deu uma rocha pequena a um dos médicos como parte da sua coleção. Em varias visitas a praias e no exterior, ele tinha trazido pedras da praia para casa como lembranças pra lembrá-lo das suas viagens em casa e no exterior. Ele ate tinha um pedaço de rocha que tinha trazido de uma montanha na Áustria, quando era jovem. Após duas semanas na base, foram permitidos ir para casa. Suas famílias vieram apanhá-los e leváramo-los de

volta a suas respectivas cidades, onde a media local também os recebeu como heróis do espaço exterior, e escreveram artigo para seus jornais.

John colocou sua rocha Lunar na prateleira de sua sala de estar, para todos verem, junto com fotos dos seus pais. Benjamin fez quase a mesma coisa com as dele.

No fim da semana, a caminho da igreja para casa, ele parou no parque para pegar um pouco de ar fresco. Uma jovem senhora passou e perguntou se ela podia sentar no seu banco e ele disse que podia, e eles começaram conversar.

"Eu vim a esta cidade há alguns meses, porque meus pais me puseram para fora da casa" ela disse "Meu nome é Belinda, como é o seu?".

Ele disse seu nome e falou sobre si e depois disse que ele tinha que ir para casa preparar almoço agora.

"Você gostaria que eu viesse ajudá-lo? Eu gostaria de fazer isso" Belinda disse. Então eles foram para casa e ela cozinhou uma refeição gostosa para eles e depois sentaram e continuaram as conversas anteriores até o anoitecer. Depois do jantar ela perguntou se podia tomar um banho.

"Bem, venha me ajudar aqui" ela chamou "entre na banheira e lavaremos um o outro". Então ele despiu e tomaram banho junto antes de iram para cama.

Duas semanas depois ao chegar em casa, Benjamin começou ter dor de garganta e foi ao supermercado e comprou um pacote de pastilhas. Estes não tiveram o resultado desejado, então quando veio visitá-lo, sua mãe mandou ir ao médico. Ele esperou uma semana e daí sucumbiu à perturbação de sua mãe.

Na consulta, o médico examinou a sua garganta e descobriu que estava muito inflamada; também notou que estava começando ter uma erupção em todo o seu corpo. Ele receitou um antibiótico para sua garganta e uma loção para a erupção e mandou voltar na semana seguinte se não tivesse melhorado.

Na semana seguinte Benjamin voltou sentindo-se pior. Quase não podia engolir e a erupção estava transformando em feridas sobre todo seu corpo. O médico mandou sua secretaria telefonar e mandou ele ser visto por um dermatologista, imediatamente ao deixar seu consultório. O dermatologista nunca tinha visto erupção semelhante e não sabia que medicamento devia receitar, então ela deu um tubo de um antibiótico que geralmente receitava

em casos fungais, e mandou marcar uma hora para retornar para um check-up na próxima semana.

John estava tendo problema semelhante com sua garganta e estomago, e foi ver seu médico dez dias após chegar em casa. Seu pai também estava começando com dor de garganta, assim como estavam alguns dos seus amigos, que tinham visitado-o quando ele chegou em casa.

Na base, o doutor a quem Benjamin tinha dado uma rocha, tinha adquirido algum tipo de infecção de pele que parecia furúnculos, e estavam inflamando. Seu médico mandou interná-lo no hospital para observação intensa e ele foi colocado na sala de isolamento. Tinha um aviso na porta que lia "Proibida entrada—doença infecciosa". A sua esposa e filhos estavam começando ter dor de garganta e compraram pastilhas para garganta para chuparem.

Por causa de todos estes acontecimentos, os organizadores do projeto lunar começaram a investigar a causa desses problemas médicos. Apôs examinarem de perto, chegaram à conclusão que os dois exploradores tinham trazido algum vírus ou bactéria consigo. Chegaram à conclusão que o problema tinha algo ligado com as rochas trazidas da Lua. O médico não tinham ido à Lua mas tinha a rocha que Benjamin lhe dera, na sua casa. Então buscaram a pedra da sua casa e fizeram um numero de testes de laboratório nela. Pulverizaram um pedaço e examinaram debaixo de microscópio poderoso e descobriram que seus temores tinham fundamento. A rocha carregava uma enorme quantidade de poderosa bactéria perigosa. Esse tipo de bactéria era totalmente desconhecido a eles.

Todas as pessoas que tinham vindo em contato com as pedras, na base e nas cidades onde John e Benjamin moravam, foram instruídas a viram para fazer exames clínicos no hospital da base. Todas as pessoas que tinham visitado os exploradores e que tinham entrado em contato próximo com as pedras, demonstraram sinais de infecção, e foram admitidos ao hospital para mais exames médicos.

As pedras foram coletadas e levadas embora em caixas especiais e levadas à base. Mas os exploradores trouxeram varias pedras cada, e ninguém sabia a quem tinham presenteado. Estas pessoas estavam em severo perigo de infecções e não sabiam disse. O problema agora era descobrir a quem eles poderiam ter dado estas pedras. Eles não queriam assustar o publico emitindo nota referente a o que estava acontecendo, mas tinham pouca

escolha. Então colocaram um aviso nos dois jornais locais onde os dois moravam e esperaram que isto trouxesse os recipientes.

De fato, dois recipientes responderam e foram convidados a virem fazer testes na base. Vieram e foram levados ao hospital para exames clínicos, mas felizmente foram declarados "limpos" e permitidos a voltarem para casa, mas as pedras foram lhes retirado. Belinda também respondeu ao chamado e foi encontrado com erupção em todo corpo. Medicaram-na e mandaram para casa, mas mandaram voltar daqui a duas semanas.

"Mantenha-se em contato conosco" o médico disse "e Belinda, se a erupção não limpar, volte aqui imediatamente."

Os organizadores pediram que não contassem a ninguém a respeito de o que estava acontecendo, e eles prometeram ficarem quietos sobre o assunto todo. Mas seus vizinhos sabiam o que estava acontecendo e falavam a respeito entre eles.

Em casa, a esposa do médico e seus filhos tinham ido a seu médico e ele receitou para que eles fizessem exames gástricos porque estavam mostrando sinais de infecção lá. De fato, os testes mostraram que o medico estava certo e que tinha uma infecção gástrica severa neles todos e tiveram que ser admitidos no hospital imediatamente.

O problema interno do John piorou muito e ele não resistiu à infecção. Ele faleceu dentro de uma semana e sua família mandou cremar seu corpo a pedido dos doutores, para evitar possível contaminação. Com a autorização da família, suas cinzas foram enterradas dois metros abaixo do chão, numa cerimônia privada. A pedido dos médicos, o apartamento do Benjamin foi fumegado com um spray especial anti-bacterial.

A essa hora os organizadores do projeto Lua tinham entendido que a missão a Lua estava prejudicada e que os três homens que tinham mandado recentemente estavam em perigo mortal, mas o que devim fazer? As roupas espaciais que usavam a todo tempo os protegeriam de qualquer mal. Eles apenas não tinham que entrar m contato com qualquer das rochas ou solo, sem proteção.

Os organizadores não contaram aos três o que estava acontecendo com seus antecessores e as pessoas com os quais eles estiveram em contato. Não queriam alarmá-los. Então os três foram fazendo o que tinham que fazer e fizeram tudo que deviam.

A essa hora os vegetais que os dois tinham plantado estavam prontos para serem consumido e novas tinham que ser plantados. O milho estava maduro e eles comeram e plantaram mais porque estava gostoso e eles queriam outra safra. Nas arvores frutíferas tinha algumas maçãs e pêras maduras, que eles puderam apreciar; logo teriam mais.

Os três selecionaram o lugar onde iam fazer a plataforma de lançamento para viagens futuras a serem feitas para outros planetas. Eles tinham recebido as instruções necessárias no uso de regolith e materiais locais que iam utilizar para o projeto. Começaram por nivelar o local que tinham escolhido, Esta localidade ficava a cerca de um quilometro distante da biosfera, longe o suficiente para não cobri-lo de pó que poderia perturbar as naves vindo ou saindo.

Porque esse trabalho tinha que ser feito por apenas três pessoas, levou muito tempo para terminar o projeto. Eles fixaram a lamina que trouxeram com eles e nivelaram o local. Depois tinham que trabalhar o regolith em pequenas áreas até que tinham o local coberto. Enquanto estavam trabalhando na plataforma de lançamento, um veicula estranho veio para ver o que estavam fazendo. Pousou perto do local e depois de cerca de uma hora, uma porta foi aberta e um grupo de figuras veio para onde os três estavam trabalhando. Os três sentiram medo mas permaneceram lá e esperaram para ver o que ia acontecer. As figuras aproximaram e tentaram comunicar com eles, mas não conseguiram, então desistiram e voltaram ao seu veiculo com formato de charuto e decolaram.

No final do dia eles contaram a "base" a respeito do incidente e estes demonstraram pouco interesse, porque estavam acostumados e estas visões por astronautas anteriores durante as suas missões ao espaço. Em varias ocasiões pilotos comerciais tinham informado vistas semelhantes em vôos internacionais bem como domesticas sobre vários países.

Devido ao problema de infecção resultante do projeto Lua, os organizadores decidiram esquecer o projeto da Lua, mas não notificaram os três que já estavam lá em cima e os deixou à própria sorte, como certamente tinha acontecido no caso dos que tinham plantado arvores na outra área, há algum tempo atrás. Os organizadores entenderam que já estavam infectados com o vírus mortal Lunar e apenas terminariam trazendo-o de volta ao planeta Terra; então era melhor deixá-los como estavam.